Kalender/ Colendar 2020
Der Kuss/ The Kiss
12 Bilder/ 12 Drawings

AF199782

Illustration von Noah Fakier und Texten aus dem Buch
„Der Sex- Code" von Dr. Lutz Knoche

Eine Fotografie wird von jedem Betrachter unterschiedlich wahrgenommen. Die Basis meiner Zeichnungen sind Fotografien. Wie sie auf mich wirken, wie ich sie aufnehme oder wahrnehmen möchte. Bei Porträts spielt die Liebe zum Menschen und die Ästhetik des menschlichen Körpers eine große Rolle, die ich in meinen Zeichnungen umsetzen will. Sämtliche Zeichnungen entstanden aus privaten oder lizenzfreien oder erworbenen Fotografien mit der schriftlichen Genehmigung, dass ich sie verwenden und veröffentlichen darf, wie pixabay oder shutterstock. Ähnlichkeiten mit anderen sind rein zufällig. Übersetzung mit Google Übersetzer. Im Kalender sind die deutschen Feiertage.

A photograph is perceived differently by each viewer. The basis of my drawings is photographs. How they affect me, how I want to record or perceive them. In portraits, the love of humans and the aesthetics of the human body play a major role, which I want to translate into my drawings. You can carefully separate these sheets individually and put them in a simple picture frame. For yourself or as a gift.
Reference:
All drawings are from private or royalty-free photographs with written permission to use and publish them. Similarities with others are purely coincidental. Translation with Google translator. In the calendar are the German holidays.

Herstellung und Verlag

BoD- Books on Demand, Norderstedt

ISDN 9783748173779

Lieber Leser,

mit dem Erwerb dieses E-Books erhältst du die Lizenz zur persönlichen Nutzung. Der Inhalt darf jedoch weder auszugsweise noch vollständig an Dritte weitergegeben werden.

Ich habe alles getan, damit du ein gutes Buch zu einem fairen Preis bekommst. Jeder, der es haben will, kann es sich auch leisten. Bitte sei du auch so fair und halte dich an diese Regeln.

Zu den Autoren

Noah Fakier ist Autor und Zeichner von erotische Abenteuer- und Liebesgeschichten. Er will von der aufregenden und wunderbaren Liebe zwischen den Menschen erzählen. Seine Botschaft lautet:

Mit den Augen der Liebe betrachtet sind alle Menschen schön und einzigartig. Es spielt keine Rolle, woher sie stammen, welches Geschlecht oder welches Alter sie haben. Liebe ist die universelle Glückseligkeit in unserem Leben, deren wundervolle Schönheit wir erkennen, wenn wir sie erleben. Dabei spielen die Erotik und Leidenschaft genauso eine natürliche Rolle wie Gefühle, Sehnsucht, Abenteuer und Humor. In seinen Geschichten geht es um Freundschaft und Liebe unter Männern.

https://www.facebook.com/noah.fakier69

Lutz Knoche ist Autor für Ratgeber und Aufklärungsbücher. Er schrieb das Buch „Der SEX- Code". Die Evolution der Lust. Als Psychologe hat er sich in seiner Praxis und theoretisch mit diesem Thema viele Jahre beschäftigt.

https://www.facebook.com/lutz.knoche

„Der SEX- Code" Die Evolution der Lust"

Was den Sex betrifft, so sind die Gesellschaften und viele Menschen noch mit falschen „Moralvorstellungen" behaftet. Das war die meiste Zeit in unserer Entwicklung nicht so. Falsche Moralvorstellungen über Sex beeinflussen unser gesamtes Denken und Fühlen. Es führt oft zu Ausgrenzungen. Oft auch bei unseren eigenen Gefühlen und Wünschen. Dieses Buch zeigt den Weg daraus. Noch ist es in jeder Buchhandlung erhältlich. Es eröffnet uns eine neue Sichtweise für ein sexuell und sozial erfülltes Leben. Die Zeit ist reif dafür. Eine Aufklärung und Ratgeber für Jung und Alt.

https://amzn.to/2GfpBT7

Begleiten Sie Dr. Lutz Knoche auf einer Reise durch die Geschichte der Menschheit und betrachten Sie mit ihm zusammen die Evolution der Lust. Blicken Sie „hinter die Kulissen" der menschlichen Psyche: Welche Auswirkungen haben die Dogmen der Kirche auf unser Leben, auch wenn wir nicht gläubig sind?

In diesem Buch geht es nicht nur um die freie Entfaltung bei der schönsten Sache der Welt oder um sexuelle Vielfalt, sondern vielmehr darum, dass sie ein ausschlaggebender Teil dafür war, damit sich der Mensch gegenüber anderen Gattungen durchsetzen konnte. Und auch heute noch diese Rolle spielt. Sie ist also die Normalität, die wieder im gesellschaftlichen Leben integriert werden soll, und nicht nur toleriert. Das erfordert ein Umdenken. Nicht nur bei der sexuellen Erfüllung sondern auch im sozialen Zusammensein.

As far as sex is concerned, societies and many people are still afflicted with false "morality". That was not the case most of the time in our development. False morality about sex affects all of our thinking and feeling. It often leads to exclusion. Often with our own feelings and wishes. This book shows the way out of it. It is still available in every bookstore. It opens a new perspective for a sexually and socially fulfilling life. The time is right. An enlightenment and guide for young and old

https://amzn.to/2GfpBT7

Accompany Dr. Lutz Knoche on a journey through the history of humanity and consider together with him the evolution of pleasure. Look "behind the scenes" of the human psyche: What impact do church dogmas have on our lives, even if we are not believers?

This book is not just about the free flowering of the most beautiful thing in the world, or about sexual diversity, but rather about being a crucial part of it for man to prevail over other genera. And even today this role still plays. It is therefore the normality that is to be integrated into social life again, and not only tolerated. That requires a rethink. Not only in sexual fulfillment but also in social gathering.

Januar/ January 2020

Mo./mo	Di./tu	Mit./we	Do./th	Fr./fr	Sa./sa	So./su
		1	2	3	**4**	**5**
6	7	8	9	10	**11**	**12**
13	14	15	16	17	**18**	**19**
20	21	22	23	24	**25**	**26**
27	28	29	30	31		

Wir Mensch sind also in unserer Lust sehr vielseitiger. Die bewusste Gestaltung unserer Sexualität hatte zur Folge, dass wir weder monogam, noch ausschließlich heterosexuell dabei waren. Genau diese sexuelle Entfaltung war es aber, die uns zu dem werden ließ, was wir heute sind. Denn es stärkte unsere sozialen Verbindungen untereinander und die Liebe füreinander, die notwendig für unsere Weiterentwicklung war. Aus diesen stärkeren sozialen Bindungen keimte das Gefühl der Liebe, die sich allmählich auch auf andere Bereiche des Lebens erweiterte und zu einer universellen Kraft bei der Entwicklung des Menschen wurde. Davon haben wir uns erst in den vergangenen zweitausend Jahren abgewandt. Die von der Kirche gepredigte monogame, heterosexuelle Ehe und das Verbot der gleichgeschlechtlichen Liebe führten zu einer Verfremdung unserer evolutionären Entwicklung, sexuell wie sozial. Die freie Liebe in uns wurde eingeschlossen…

We humans are so much more versatile in our pleasure. Consciously shaping our sexuality meant that we were neither monogamous nor heterosexual. It was precisely this sexual development that made us what we are today. Because it strengthened our social connections with each other and the love for each other, which was necessary for our further development. From these stronger social bonds sprouted the feeling of love, which gradually spread to other areas of life and became a universal force in the development of man. We have turned away from it only in the last two thousand years. The monogamous, heterosexual marriage preached by the church and the prohibition of same-sex love led to an alienation of our evolutionary development, both sexually and socially. The free love in us was included…

Notizen/ notes

Februar/ February 2020

Mo./mo	Di./tu	Mit./we	Do./th	Fr/fr	Sa./sa	So./su
					1	2
3	4	5	6	7	8	9
10	11	12	13	14	15	16
17	18	19	20	21	22	23
24	25	26	27	28	29	

Heute spielt die Zeit eine enorm große Rolle in unserem Leben. Oft stehen wir unter Zeitdruck. Das ist manchmal schon so dominierend, dass soziale Verhältnisse untereinander empfindlich gestört werden können und damit auch unsere lustvollen, sozialen Beziehungen. Viele glauben heute tatsächlich, sie hätten gar keine Zeit, um eine soziale Beziehung aufzubauen, und befriedigen sich deshalb mit schnellen unpersönlichen Sex oder selbst. Das weiß ich aus vielen Gesprächen mit Klienten oder in Gruppen. So eine Einstellung hält uns aber ganz sicher von einem dauerhaft erfüllten, lustvollen und glücklichen Leben ab und stört damit unsere evolutionäre Entwicklung. Mit den richtigen Lebenskonzepten würden wir sicher auch heute wieder viel Zeit für uns und unser Glück zurückgewinnen können. Später mehr…

Today, time plays an enormously important role in our lives. Often we are under time pressure. This is sometimes so dominant that social relationships can be disturbed with each other and thus our lustful, social relationships. Many today actually believe that they have no time to build a social relationship, and therefore satisfy themselves with fast impersonal sex or themselves. I know this from many conversations with clients or in groups. Such an attitude certainly keeps us from a permanently fulfilled, joyful and happy life and thus disturbs our evolutionary development. With the right life concepts, we would surely be able to regain a lot of time for ourselves and our happiness today. Later more…

Notizen/ notes

März/ March 2020

Mo./mo	Di./tu	Mit./we	Do./th	Fr./fr	Sa./sa	So./su
						1
2	3	4	5	6	**7**	**8**
9	10	11	12	13	**14**	**15**
16	17	18	19	20	**21**	**22**
23	24	25	26	27	**28**	**29**
30	31					

Besonders haben Jugendliche große Probleme, ihre sexuelle Lust auszuleben. Zwar sind sie schon mit 11 bis 13 Jahren geschlechtsreif, werden aber weiterhin als Kinder behandelt. In der schönsten Zeit ihres Lebens, die in der Entdeckung und Entwicklung ihrer sexuellen Lust liegt, tun sie es meist nur heimlich und werden häufig gemaßregelt oder bestraft, wenn man sie bei ihrer neugierigen und aufregenden Selbstfindung erwischt. Da entsteht Frust und Verzweiflung. Es ist kein Wunder, dass daraus Ablehnung gegenüber den so genannten Erwachsenen, Aggressivität, reichlicher Alkohol- und Drogenkonsum entsteht. Hier ist ein gründlicher Umdenkungsprozess dringend notwendig.

Das Recht auf sexuelle Selbstbestimmung sollte mit der Geschlechtsreife einsetzen und nicht erst mit 16 Jahren. Das Wort „minderjährig" ist auch so ein Unwort, was man in diesem Zusammenhang streichen sollte. Jugendliche werden höchstens zu „Minderjährigen" erzogen, sind es aber nicht von Natur aus. Das widerspricht jeglicher natürlicher Logik.

Especially young people have great problems to live out their sexual desire. Although they are mature at the age of 11 to 13, they are still treated as children. In the most beautiful time of their lives, which lies in the discovery and development of their sexual desire, they usually do it only secretly and are often reprimanded or punished when caught in their curious and exciting self-discovery. There arises frustration and despair. It is no wonder that this results in rejection of the so-called adults, aggressiveness, copious consumption of alcohol and drugs. Here a thorough rethinking process is urgently needed.

The right to sexual self-determination should begin with sexual maturity and not at the age of 16. The word "underage" is also such a nonsense, which should be deleted in this context. Young people are educated at most to "minors", but they are not by nature. This contradicts any natural logic.

Notizen/ notes

April/ April 2020

Mo./mo	Di./tu	Mit./we	Do./th	Fr./fr	Sa./sa	So./su
		1	2	3	**4**	**5**
6	7	8	9	**10**	**11**	**12**
13	14	15	16	17	**18**	**19**
20	21	22	23	24	**25**	**26**
27	28	29	30			

Wir sind unvollkommen und das ist gewollt. „Gott" liebt uns alle in unserer Unvollkommenheit und genau so braucht er uns auch. Wir brauchen niemanden der uns in „Gottes Namen" sagt, was wir tun dürfen und was nicht. Wir müssen aus uns selbst und unseren Erfahrungen heraus lernen und uns entwickeln. Nur so entsteht Wachstum auch in „Gott" oder der universellen Ordnung. Durch die Evolution wird uns der Weg gezeigt. Das trifft auch besonders für die Entwicklung unserer wunderbaren sexuellen Kräfte zu. Sie ist ein Instrument der Evolution, das uns weiterbringen soll...

We are imperfect and that is wanted. "God" loves us all in our imperfection and that's exactly how he needs us. We do not need anyone to tell us in "God's Name" what we are allowed to do and what we can not do. We have to learn from ourselves and our experiences and develop ourselves. Only in this way does growth arise in "God" or the universal order. Evolution shows us the way. This is especially true for the development of our wonderful sexual powers. It is an instrument of evolution that should help us to advance....

Notizen/ notes

Mai/ May 2020

Mo./mo	Di./tu	Mit./we	Do./th	Fr./fr	Sa./sa	So./su
				1	2	3
4	5	6	7	8	9	10
11	12	13	14	15	16	17
18	19	20	21	22	23	24
25	26	27	28	29	30	31

In diesem Zusammenhang hatte ich ein amüsantes Erlebnis.

Ich war mit einigen Jungen aus sozial benachteiligten Familien, die Lern- und Verhaltensprobleme hatten, für eigene Tage in einem Feriencamp. Sie waren zwischen 14 und 18 Jahren alt. In so einer Umgebung konnte ich sehr gut mit ihnen arbeiten. Wir wohnten auch zusammen in einem großen Bungalow. Eines Tages ging ich in unser Bad und sah dort einen Jungen, der gerade mit seinem erigierten Penis beschäftigt war. Ich sagte schnell, aber freundlich: „Entschuldige, aber du musst schon abschließen, wenn du hier mal alleine sein willst", und wollte wieder raus gehen. Er drehte sich zu mir, stand mitten im Raum mit seiner Erektion und fragte mich, ob ich nicht etwas weiß, was er machen kann, damit er größer wird. Ich ging zu ihm, stellte mich hin und schaute an ihm prüfend runter und sagte: „Der ist doch schon ziemlich groß." Worauf er antwortete: „Aber die Mädchen wollen einen Größeren". Sie hatten sich wohl einige Bilder von erwachsenden Männern angeschaut und von den großen Gliedern an ihnen geschwärmt. Nun war der Junge von seinem etwas enttäuscht. Ich sah ihm in die Augen und sagte: „He, für dein Alter ist der schon sehr groß. Der wächst doch noch bis zu deinem 25. Lebensjahr von allein. Das wird bestimmt mal ein mächtiges Gerät." Sofort strahlte er mich an und sagte erleichtert: „Na dann ist es ja gut."…

I was in a holiday camp for my own days with some boys from socially disadvantaged families who had learning and behavioral problems. They were between 14 and 18 years old. In such an environment I could work very well with them. We also lived together in a large bungalow. One day I went to our bathroom and saw a boy who was busy with his erect penis. I said quickly but nicely: "Sorry, but you have to lock up, if you want to be alone here," and wanted to go out again. He turned to me, stood in the middle of the room with his erection and asked me if I do not know something he can do to make him bigger. I went to him, stood down and looked down at him scrutinizing and said: "He is already quite big." To which he replied: "But the girls want a bigger one". They had probably looked at some pictures of adult men and raved about them by the big members. Now the boy was a little disappointed with his. I looked him in the eye and said: "Hey, for your age is already very large. He still grows on his own until the age of 25. It will definitely be a powerful device. "He immediately beamed at me and said with relief:" Well then it's good. "…

Notizen/ notes

Juni/ June 2020

Mo./mo	Di./tu	Mit./we	Do./th	Fr./fr	Sa./sa	So./su
1	2	3	4	5	6	7
8	9	10	11	12	13	14
15	16	17	18	19	20	21
22	23	24	25	26	27	28
29	30					

Natürlich können verliebte Menschen heute miteinander eine Ehe eingehen. Sie wollen damit zeigen, dass sie sich zusammengehörig fühlen. Darüber kann auch ich mich freuen. Es ist wunderbar, die Liebe zwischen zwei Menschen so zu feiern. Es ist ein schöner Brauch. Aber es sollte eben nicht mehr als ein Brauch sein, und nicht, wie heute, immer noch das einzige gesellschaftlich geförderte Konzept des Zusammenlebens. Es sollte also rechtlich nicht so stark fundamentiert werden. So dass auch bei einer späteren eventuellen Änderung des Lebenskonzeptes zwischen den beiden Menschen keine großen Hürden zu überwinden sind. Dabei zweifele ich aber nicht generell an, dass es eine lebenslange Beziehung zwischen zwei Menschen geben kann. Das aber muss nicht auch noch von der Gesellschaft festgeschrieben werden. Andere Lebenskonzepte sollten mit Anerkennung durch die Gesellschaft auch rechtlich gleichberechtigt daneben existieren können. Es sollte auch ein unkomplizierter Wechsel zwischen den Lebenskonzepten möglich sein. Einige Lebenskonzepte stelle ich in meinem Buch vor.

To be clear:
Of course, people in love today can marry one another. They want to show that they feel that they belong together. I can also be happy about that. It is wonderful to celebrate the love between two people like this. It is a nice custom. But it should not be more than a custom, and not, as it is today, the only socially supported concept of living together. So it should not be so fundamentally substantiated. So that even in a later eventual change in the life concept between the two people, there are no major hurdles to overcome. But I do not generally doubt that there can be a lifelong relationship between two people. But that does not have to be codified by society. Other concepts of life should also be able to exist with equal rights and recognition on the side of society. It should also be an uncomplicated change between the concepts of life possible. I present some concepts of life in my book.

Notizen/ notes

Juli/ July 2020

Mo./mo	Di./tu	Mit./we	Do./th	Fr./fr	Sa./sa	So./su
		1	2	3	**4**	**5**
6	7	8	9	10	**11**	**12**
13	14	15	16	17	**18**	**19**
20	21	22	23	24	**25**	**26**
27	28	29	30	31		

Die uns aufgezwungen Lebensweisen, aber auch der Stress in unserer Zeit, führen sehr häufig zu seelischen und körperlichen Problemen, die unsere sexuelle Lust und Lustauslebung erheblich mindern oder stören können. Immer mehr Menschen, jung wie alt, greifen deshalb zu Medikamenten, die das mindern oder gar beheben sollen. Das ist mittlerweile ein Milliardengeschäft. Allerdings haben diese Medikamente auch starke Nebenwirkungen und sind damit meistens nicht für ein erfülltes und vor allem gesundes Sexleben geeignet. Zumal es andere und zum Teil wirkungsvollere, natürliche Methoden gibt. In diesem Abschnitt stelle ich ihnen einige davon vor.

Der Vorteil dieser natürlichen Methoden liegt in ihrer ganzheitlichen Wirkung. Mit der Steigerung des Lustempfindens auf diese Weise, bauen Sie gleichzeitig Stress ab, lösen seelische Blockaden auf und stärken den ganzen Körper. Dadurch wird dauerhaft und auf natürliche Weise Ihr Sexleben schöner und erfüllter.

The imposed on us lifestyles, but also the stress in our time, very often lead to mental and physical problems that can significantly reduce our sexual desire and Lustauslebung or disturb. More and more people, young and old, are therefore resorting to medicines that are supposed to reduce or even remedy this. This is now a billion dollar business. However, these drugs also have strong side effects and are therefore usually not suitable for a satisfied and above all healthy sex life. Especially since there are other and sometimes more effective, natural methods. In this section, I introduce you to some of them.
The advantage of these natural methods lies in their holistic effect. By increasing the sense of pleasure in this way, they simultaneously reduce stress, dissolve emotional blockages and strengthen the whole body. This will permanently and naturally make your sex life more beautiful and fulfilling.

Notizen/ notes

August/ August 2020

Mo./mo	Di./tu	Mit./we	Do./th	Fr./fr	Sa./sa	So./su
					1	2
3	4	5	6	7	8	9
10	11	12	13	14	15	16
17	18	19	20	21	22	23
24	25	25	27	28	29	30
31						

Natürlich muss die Selbstbefriedigung in unserer Zeit nicht immer eine Notlösung sein. In unserer stressigen Zeit wollen wir manchmal auch allein mit uns und unseren lustvollen Gefühlen sein. Es kommt nur darauf an, was man daraus macht. Später in diesem Buch gebe ich deshalb eine ausführliche Anleitung dazu. Durch Selbstbefriedigung können sie Selbsterfahrungen machen. Sie können testen, wie sie zu den größten Lustgefühlen kommen und ihr Orgasmus Erlebnis in wahrscheinlich ungeahnte Höhen steigern. Dadurch finden sie zu sich selbst. Suchen Sie einen ungestörten ruhigen Platz dafür auf, einen Platz, an dem sie sich wohlfühlen. Nehmen Sie sich vor allem Zeit. Haben Sie wenig Zeit dafür, dann lassen Sie es ganz, denn auf die Schnelle werden sie höchstens eine kurze Erleichterung finden, aber nicht in das glückseligmachende Reich der Lust aufsteigen, das Ihnen eine tiefe Befriedigung bringt. Schalten sie alles aus, was sie ablenkt, und konzentrieren Sie sich dann nur auf Ihren Körper und Ihre Gefühle. Wenn Sie die richtigen Voraussetzungen geschaffen haben, entspannen Sie und stellen sich bewusst auf Ihren Körper und Ihre lustvollen Gefühle ein. Den meisten gelingt es am besten, wenn sie die Augen dabei schließen. Dann beginnen Sie, Ihren Körper, besonders alle lustvollen Zonen an ihm, zu streicheln. Oft entdecken sie…

Of course, self-gratification in our time does not always have to be a stopgap. In our stressful times we sometimes want to be alone with ourselves and with our lustful feelings. It just depends on what you make of it. Later in this book I will give you a detailed guide. By masturbation they can make self-experiences. They can test how they get the most pleasure and increase their orgasmic experience to unimaginable heights. Thus, they find themselves. Find an undisturbed quiet place, a place where they feel comfortable. Take your time, above all. If you have little time for it, then leave it altogether, because in a hurry they will at most find a brief relief, but not ascend into the blissful kingdom of pleasure, which brings you a deep satisfaction. Turn off everything that distracts you, and then focus only on your body and your emotions. When you have created the right conditions, relax and consciously adjust to your body and your pleasurable feelings. Most people succeed best if they close their eyes. Then you begin to caress your body, especially all the pleasurable zones on it. Often they discover …

Notizen/ notes

September/ September 2020

Mo./mo	Di./tu	Mit./we	Do./th	Fr./fr	**Sa./sa**	**So./su**
	1	2	3	4	**5**	**6**
7	8	9	10	11	**12**	**13**
14	15	16	17	18	**19**	**20**
21	22	23	24	25	**26**	**27**
28	29	30				

Egal, wie man auch als Single lebt, wirklich feste soziale Bindungen bauen sie nicht auf. Sie sind entweder von vorherein oberflächlich und unzuverlässig oder lösen sich schnell wieder. Eine sexuelle erfüllte Lusterfüllung dient dabei nicht dem Aufbau eines starken sozialen Zusammenhalts in einer Gruppe. Singleleben führt aus meinen Erfahrungen mit Klienten auf Dauer zu mehr Einsamkeit, trotz eines oft sehr häufigen und abwechslungsreichen sexuellen Lebens und manchmal zur Spleenigkeit. Es ist ein Notausgang von der Ehe, aber der führt meist nur in eine Sackgasse.

No matter how one lives as a single, they do not build up really strong social bonds. They are either superficially and unreliable from the outset, or they quickly redeem themselves. A sexual fulfillment does not serve to build a strong social cohesion in a group. Singles life leads to more loneliness from my experiences with clients in the long term, despite a often very frequent and varied sexual life and sometimes to the insanity. It is an emergency exit from marriage, but usually only leads to a dead end.

Notizen/ notes

Oktober/ October 2020

Mo./mo	Di./tu	Mit./we	Do./th	Fr./fr	**Sa./sa**	**So./su**
			1	2	**3**	**4**
5	6	7	8	9	**10**	**11**
12	13	14	15	16	**17**	**18**
19	20	21	22	23	**24**	**25**
26	27	28	29	30	**31**	

In unserer heutigen Zeit werden wir immer noch maßgeblich durch die Institution der Ehe zu einem monogamen Leben, organisatorisch, moralisch und grundsätzlich gedrängt. Diese Art der sexuellen Entfaltung des Menschen entspricht nicht seiner Natur. Es bringt die meisten manchmal oder häufig in Schwierigkeiten und führt zu unnötigen Schuldgefühlen. Die volle sexuelle Erfüllung der meisten Menschen kann auf diese Art und Weise nicht erfolgen. Das schmälert das Lebensgefühl und engt ein erfülltes Leben ein.

n our day and age, we are still significantly pushed by the institution of marriage to a monogamous life, organizationally, morally and fundamentally. This kind of sexual development of man does not correspond to his nature. It sometimes gets people into trouble sometimes or often and leads to unnecessary guilt. The full sexual fulfillment of most people can not be done this way. This diminishes the feeling of life and narrows a full life.

Notizen/ notes

November/ November2020

Mo./mo	Di./tu	Mit./we	Do./th	Fr./fr	**Sa./sa**	**So./su**
						1
2	3	4	5	6	**7**	**8**
9	10	11	12	13	**14**	**15**
16	17	18	19	20	**21**	**22**
23	24	25	26	27	**28**	**29**
30						

Leider ist es beim ersten Mal für viele Jugendliche nicht so lustvoll, wie sie sich das vorgestellt haben. Sie sind enttäuscht und halten sich deshalb erst einmal für weitere Erlebnisse zurück. Meistens passierte das auch noch unter Alkohol- oder Drogeneinfluss. Da verlieren sie ihre Hemmungen. So wird gerade Alkohol bewusst dafür getrunken, lockerer zu werden. Aber das ist der falsche Weg. Geh diesen Schritt ganz ohne Eintrübung deines Bewusstseins. Tu es beim ersten Mal zu zweit mit einem Menschen, zu dem du dich wirklich hingezogen fühlst, den du richtig sexy findest, den du kennst und dem du vertraust. Die „große Liebe" muss es nicht unbedingt sein. Generell solltest du dich aber bei der Vereinigung mit Kondomen schützen. Also, Jungs und auch Mädchen, ausreichend Kondome einstecken! Schaff dir und deinem Partner dabei eine schöne Atmosphäre an einem Ort, wo ihr ungestört seid. Plane dabei viel Zeit ein.

Wichtig ist immer das Vorspiel. Küssen, Umarmungen, Streicheln. Aber auch besonders die erotischen Körperteile sollen dabei so stark wie möglich stimuliert werden. Hab keine Scheu. …

Unfortunately, the first time for many young people is not as pleasurable as they have imagined. They are disappointed and therefore hold back first for more experiences. Mostly this also happened under the influence of alcohol or drugs. Because they lose their inhibitions. So alcohol is deliberately drunk for loosening up. But that's the wrong way. Take this step without clouding your consciousness. Do it the first time as a couple with a person you really feel attracted to, that you find really sexy, that you know and trust. It does not necessarily have to be the "big love". In general, you should protect yourself with the union of condoms. So, guys and girls too, plug in enough condoms! Create a nice atmosphere for you and your partner in a place where you are undisturbed. Plan a lot of time.
Important is always the foreplay. Kissing, hugging, caressing. But especially the erotic body parts should be stimulated as much as possible. Do not be shy. ...

Notizen/ notes

Dezember/ December 2020

Mo./mo	Di./tu	Mit./we	Do./th	Fr./fr	Sa./sa	So./su
	1	2	3	4	**5**	**6**
7	8	9	10	11	**12**	**13**
14	15	16	17	18	**19**	**20**
21	22	23	24	**25**	**26**	**27**
28	29	30	31			

Der sexuelle und soziale Evolutionsprozess wird weiter gehen und wenn wir ihm folgen, werden uns wunderbare Dinge erwarten, die wir uns heute noch nicht einmal vorstellen können. Auf dem Weg der glückseligen, ekstatischen und orgastischen Gefühle, auf welche Art und Weise sie auch immer hervorgerufen werden, wird unser Bewusstsein und unser sozialer Zusammenhalt wachsen und sich losgelöst von der Fortpflanzung erweitern. Dazu müssen wir uns von den Fesseln der letzten 2000 Jahre befreien. Das lässt uns irgendwann einmal in eine qualitativ neue evolutionäre Phase eintreten. Ich bin überzeugt, das ist das Ziel der Evolution und die freie Entwicklung unserer wundervollen sexuellen Energie und Kraft sind ein entscheidender Schlüssel dazu…

The sexual and social evolutionary process will continue and if we follow it, we will expect wonderful things that we can not even imagine today. On the path of blissful, ecstatic and orgasmic feelings, in whatever way they are evoked, our consciousness and our social cohesion will grow and expand, detached from reproduction. To do this, we need to free ourselves from the shackles of the past 2000 years. At some point, this will allow us to enter a qualitatively new evolutionary phase. I'm convinced that's the goal of evolution, and the free development of our wonderful sexual energy and power is a key to it…

Notizen/ notes

Buchempfehlungen

Noah Fakier

Zeichen-Mappe, Sign Solution, Solución signo

Männer I, Men I, Hommes I, Hombres I

Es sind 18 Blätter in höchster Druckqualität, auf 200g Fotobrillant Papier, in einem A 4 Ringhefter. Wenn du willst, kannst du diese Blätter vorsichtig einzeln heraustrennen und in einen einfachen Bilderrahmen stecken. Für dich selbst oder als Geschenk.

Mehr dazu:

There are 18 sheets in the highest print quality, on 200g Fotobrillant paper, in an A 4 ring binder. If you want, you can carefully separate these leaves one by one and put them in a simple picture frame. For yourself or as a gift. More on this:

https://www.amazon.de/Zeichen-Mappe-Männer-Noah-Fakier/dp/3743140403/

Gibt es auch als Taschenbuch im A4 Format im Brillantdruck

Is also available as paperback in A4 format in brilliant print

https://www.amazon.de/Zeichen-Mappe-Solution-Solución-si.../.../

Die geheimen Geschichten aus 1001 Nacht- Teil 1

Vorwort von Dr. Lutz Knoche

In den fortschrittlichen Ländern der Erde hat die Freiheit und Selbstbestimmung der Menschen per Gesetz gesiegt. So auch in der Liebe. Wie sieht es aber in den Köpfen der Menschen aus?

Über Tausende von Jahren wurde die Selbstbestimmung und sexuelle Entfaltung unterdrückt und es entstanden menschenverachtende Normen und Glaubenssätze, die zum Teil bis heute ihre Gültigkeit nicht verloren haben.

Viele Menschen haben sich davon noch nicht ganz befreit. Ich wünsche mir deshalb, dass dieses Buch, welches auf die Geschichten von 1001 Nacht zurückgreift, die heute zur Weltliteratur zählen, genauso erfolgreich wird und den Gedanken von der Vielfalt der Liebe und Freiheit in viele Herzen der Menschen trägt.

Nur mit dem Herzen und unseren Sehnsüchten können wir diese alten Schranken endlich überwinden und uns selbst von Vorurteilen und falschen Glaubenssätzen befreien.

„Die geheimen Geschichten aus 1001 Nacht" ist eine fantasiereiche, zauberhafte und erotische Geschichtensammlung über Freundschaft und Liebe zwischen Männern, die Herz und Geist des Lesers besser erreichen kann als manche noch so gut gemeinten Gesetze. In der Liebe gibt es keine Einschränkungen. Hier gibt es keine Grenzen zwischen körperlicher und geistiger Liebe. Sie steht in beidem weit über den Gesetzen und der Moral, die nur von Menschen, ihrem Zeitgeist entsprechend, gemacht wurden und werden.

Besonders denke ich aber dabei an den Orient, wo heute noch viele Länder Strafen, bis hin zur Todesstrafe für gleichgeschlechtliche Liebe, per Gesetz erheben. Dabei waren es über viele Jahrtausende gerade diese Länder die sich nicht von dem verhängnisvollen Irrglauben des Christentums zu diesem Thema haben beeinflussen lassen.

„Nach Aussage des Islamwissenschaftlers Thomas Bauer ist der Islam mehr als tausend Jahre tolerant mit homosexuellen Menschen umgegangen. Bauer betont, dass sich in der arabisch-islamischen Kulturgeschichte zwischen 800 und 1800 „keine Spur von Homophobie" feststellen lasse. Aus der islamischen Literatur sind zahlreiche homoerotische Gedichte überliefert. Laut Bauer habe erst im 19. Jahrhundert der Westen im Zuge der Kolonialisierung den „Kampf gegen den unordentlichen Sex" im Nahen Osten eingeführt."

https://www.amazon.de/dp/3744809099/

Einige Zeichnungen aus diesem Buch. Some drawings from this book.